歌集

柿の消えた空

喜寻隆子

角川書店

柿の消えた空　目次

I

装画　木村　茂
装幀　南　一夫

歌集　柿の消えた空

喜寻隆子

I

川

暗緑の葉陰に鈴なす招霊《をがたま》の川辺に揺るる音もたてなく

あをき紐わが脊椎にうごめけば声のもるるよ夢のそとまで

電柱の高きに巻き付きくちなはは鏡のまなこ光らせてゐき

祖父の袖にすがりて蛍追ひかけぬ大和川ふとき河口の街に

幼年のふかき眠りの天井に蜷局《とぐろ》を巻けり家のぬしなる

鬱蒼とかぶさる月日くちなはは目の皮もろとも脱皮を遂げる

存在の秋

父の葬にも帰れざりし弟に誘はれ来しドイツ山の辺

励まされ礫の急坂登りをりこの高みにも牛の糞ある

あれがシュタルンベルク湖鷗外の、指差す遠く光れる水を

旧教の多き街なり鐘の音のあしたゆふべを胸にひびけり

『存在の秋』たづさへて来し黒森の縁明るませ月のぼりくる

おのづから手をあはせゐつ歳月の稜線鋭きモルゲンローテ

文庫版『存在の秋』読み終へて旅も終りに、しんと想へり

聖堂を照らしてゐしは十三夜、今宵十六夜大和に帰る

萩、桔梗、すすき、あきかぜ亡き人に手向けて語る、語りあへなく

明けやすき空

さやうならと視線上ぐれば去年《こぞ》の霧樹下山人のすみかを隠す

かの書斎非在の人を囲む本、本の山なみ蒼ふかみかも

二〇〇八年四月五日　前登志夫逝去

樹下山人のししむらは燃ゆ咲きそめし吉野の虚空明るませつつ

み吉野の鳥獣虫魚啼きをらむ草木悉皆さやぎてをらむ

ことだまとなりてはるけし銀河系そらのまほらを落ちゆく雫

ほととぎす一声啼きてこの屋根をいま過ぎぬべし明けやすき空

師の逝きし春は過ぎけりみ吉野の碧玉とかし雨ふりつづく

茶粥さへ口にされざる日々なりき首祀るごと詠みたまひしか

春宵

水と火の行法はげしき修二会果つ籠りの僧の窶れうるはし

さくらさくらすうと血の引く白さなり都市公園のさくらも咲いて

春宵の白衣はきよらかすぎるからさむいさむいと亡き人のこゑ

さにつらふ桜餅たち地下ふかくなんなんタウンに売られてをりぬ

ふふめばほのか去年の葉桜にほひたち手をふりあひて別れし人よ

蒟蒻玉

切りかへし切りかへしつつ上り来つ夕べの法師湯硫黄のにほふ

上州の土に三年眠りけむ蒟蒻太郎のずつしりでこぼこ

道の辺に天南星生ふ午後の陽に赤きも赤き実をかかげつつ

助手は逝き主任教授は卒寿なり野冊《やさつ》に干反る昭和の新聞

夜の部屋に胴乱開けて取り出だす伊吹虎尾、伊吹防風

六道草紙

絵巻展への口へと入る行列に人を探せり京はさみだれ

首筋にかかる息のなまぬるく病草紙をおされつつ見る

臥すをのこ枕辺に立つ怨霊と同じうすさに色褪せてをり

盛大に霍乱の人嘔吐するもう止まらない空になるまで

病草紙につづきて餓鬼草紙あり老若男女あはれ犇めく

ジャンクフード食べ散らかして丑三つはコンビニの灯にガキの饗宴

膨れたる空つぽの腹、はりがねの四肢は求めて虚空を摑む

爪の火ほどのユニセフ募金アフリカは大き葉つぱの萎れしかたち

つよき視線に削がれそがれて存在すジャコメッティの人間立てり

リセットなど

冬がまだ来ない大和よ育ちたる琴欧洲のやうな大根

翡翠色半透明なりぬつと肩を土から出した大根切れば

軽き炎あげて燃えをり一年生草花あまた枯れて楽しげ

遅れきし木枯さけび駆け抜ける伐られし藪を均されし丘を

「正月正月なにうれし碁石みたいなあも食べて、割木みたいなととたべて……」

襷がけの祖母がうたふよ嬉しさう芋を剝きつつ棒鱈煮つつ

爛れたる紅葉残して歳ゆけりフセイン処刑のニュース流れて

片側に濃闇残れる野の道を初詣とて鎮守の杜へ

リセットなどできざればこそあらたまの歳たちかはる大和は大和

「ねんねころいち天満の市で大根揃えてダイコ揃えて舟に積む……」浪速の子守歌

祖父はうたふ長男大事と弟を揺すりてうたふすこしはづれて

をみなごの背でこの歌聞いただらう聞きつつ眠るをさなご沼空

潮騒

うつすらと向う側より笑ふわれ窓を透かして夕藪見れば

竹藪の中に屈めば潮騒の聞こえてくるよ茅渟の潮騒

立ち眩みせしときわれは亡母のやう口からほうと母の息洩る

木葉木菟ほうほうほうー鳴きいづる夕闇あをしなに忘れけむ

埋火を起こしつつ祖母のしてくれし信太の山の狐の話

息切らせ槙尾山を登り来つ　樹冠にしろく朴の花咲く

五時以降入山禁止　施福寺の夜は狐狸たちと観音様と

虹色の軌跡をほそく引きながらまひまひつぶりの雌雄同体

目方なきごと透きとほり番ひつつルリイトトンボみづの上とぶ

階段箪笥

かなかなのひとつ鳴きいづあたらしき死者のさみしさ想ふ朝明を

角かかげ牡鹿はゆけり若草の大仏殿より坊屋敷町まで

二階にはもう行けなくて塞がれし階段簞笥の勾配きつく

「ここに佐美雄が。入れば空気が違つてゐた」話す老女の遠き眼差

（白井和子氏）

黒光る階段簞笥かけ登る脛長の登志夫、眼鏡の邦雄

大仏駅

あれはクマ、あちらはクジラ幼子の指さす雲の雲の向うは

明るすぎて果ては見えざりざんばらの野面いちめん黄の花ゆれて

生駒おろし寒き駅なりコスモスクエア、学研都市への乗換駅は

乗りかへの高架通路を声立てず一方向へ人ら急げり

府県境の高きトンネル出ればはや立錐余地なき大阪の見ゆ

いにしへの遺跡に加ふる明治なれ大仏鉄道、奈良旧駅舎

十九世紀末の敷設なりき大仏鉄道九年で消えぬ

大仏駅へ人運びつつ急坂は人を下して人に押させし

空港も新幹線もなき奈良県良くも悪くも大和ぼけ

天川の道の駅なる土産なりごろごろ水の豆腐しろたへ

蔵王堂歌碑

さくら咲くゆふべの空のみづいろのくらくなるまで人をおもへり　前登志夫

単線なり　岡寺、飛鳥、壺阪山、み吉野へ向ふ特急さくら

息の緒は法螺貝の螺旋めぐりつつ太くひびけり蔵王のひびき

さくらの一首決めたまひたる三月の末期の眼差やさしかりにし

小春日の除幕式なり朗誦のこゑこだまして紅葉ふかむ

蔵王権現いでましたらむ黒森にあかき炎をほつほつ灯し

待つてください

赤子のやうなこゑふいに止み背後から降りはじめたり急げりいま

時鳥ふたたび聞かず最後尾小走りにゆく先頭見えず

大仏殿北側詰所灯りゐて蛍鑑賞地への道順掲ぐ

夕闇のゆつくり濃くなりいつしかに人集まりてその時を待つ

宜寸川《よしきがは》よき小流れにまづひとつまたたきはじむ小さきひかり

大仏殿の扉ひつたり閉ぢられて湿度をふくむ天平の闇

なまけものですけどいま木から手を離せないのです待つてください

理科年表

陵墓地の柵に額つけ猿石の見えざる半身思ひてをりぬ

梅雨晴れのひかりにぬめる亀石の二つの眼にふつと視られつ

古代史家の速歩につきて登りゆく朝風千軒棚田の道を

月光の夜ごとにそそぎあふれけむ棚田百枚に早苗そよげり

ほそき月赤みを帯びてうかびをり役目果たせし〈かぐや〉戻らず

かつて見せざりし月の半身映し終へ〈かぐや〉は果てつ月面に

二〇〇〇年版『理科年表』にわが死後の日蝕月蝕列記されたる

みはるかす大き円弧のかすみつつ海境《うなさか》といふやまとのことば

背伸びして

霧の奥よりゆつくりちかづく光あり人間の漕ぐ自転車の光

在りし日より濃く人想ふ落葉焚く炎のにほひに包まれながら

天中にオリオンくつきりある未明流星群を仰向きて待つ

星ひとついまながれたり半可なる願ひごとなどできぬさやけさ

背伸びして眼こらせどもう見えぬ母よりずいぶん遠くまで来し

さびしいよ木守柿ひとつ天辺でもう十二月夕日にまつか

幣辛夷

立てるまま檜皮剝かれし樹の素肌こもれのひかりに包まれゐたれ

なまなまし、檜皮を剝ぐ業見てをりぬ熊野の森のホームページの

カメルーンの欅といへり興福寺金堂復元用材巨木

築地塀の向うのこぶし幣辛夷しろじろさやさや招いてゐるよ

十一面織姫観音立ちたまふ、中将姫さまかたはらに坐し

みつみつし時間織り込みしをみなの手　当麻曼荼羅、ペルシャ絨緞

曼荼羅堂いでて楚々たり、をみなごは山に向ひて夕日を送る

はなやかに大き太陽しづみゆく雄岳雌岳の稜線そめて

時計

頭よりＤＤＴをふりまかれ負けぐせつきぬ幼きころに

柱時計げんきに時を告げてゐた偉い祖父が捻子巻いてゐた

ナウマン象の乳児の遺体、骨よりもいたいたしきを永久凍土に

アフリカの国名覚えられないが人類裸で生まれしところ

汎神論の神かデジタル時計あり電話にテレビにお釜にお風呂に

水菓子

さにつらふ梅の実笊に盛りあげて潮満ちてくる朝のわたし

五年もの三年もの…と梅干の溜つてゆけり遺産とならむ

消費期限は永遠ならむよ酢つぱくて辛くて赤く皺ばむものは

手で剝けばしたたる果汁手も顔も濡らして食めり完熟の桃

切れ味のよき刃物なり最後まで切れずに剝けし梨の皮ぞこれ

みづみづしなしの果汁のみど過ぎて石核細胞の感触のこる

若夏のパトスももの実、初秋のロゴスありの実それぞれ旨し

近隣の葬儀つづきておさがりの水菓子ぽつてり完熟期過ぐ

お臍

歳月に撓められつつ緑濃し奥吉野なる外祖父の槙

つぎつぎに摑める枝は屈強な腕、踏みしめて急斜面ゆく

山の墓に手向けし菊花食ふといふ鹿ぞさみしき人ぞさみしき

み吉野は大和のお臍むかしからはなが咲いてもみぢが散つて

頭《かしら》あげて見つめてをれば古井戸の底より昏し冬のあをぞら

淡　水

水底の岩まで午後の陽はとどき滞りなく水過ぎてゆく

けだものの巣穴がほどの坑道が口開けてをり維新前後の

老人の、小学生のバス停る渡良瀬　銅《あかがね》親水公園

廃工場錆ふかめつつ対岸に存在す　がらんどうの明るさ

まづ土を、草の種子を、木の苗を、禿山癒す歳月が要る

鹿の声耳は捕へぬ一度きり夕暮れ早きあづまの山に

まがりまがり山下りつつすれ違ふ対向車二台と猿一家族

畦道

耳鳴りのやうな振動音かすか響く深夜とほい高速路より

高速の下をくぐりて自転車で四、五日に一度食料買ひに

〈ブラタモリ〉繁華の池袋たどりつつ池袋村の池探しをり

大いなる田舎なりき維新後も東都も浪速も牛馬が通り

「畦道といふタイトルいいね」と笑みたまふ金剛山の若葉の雨に

秋彼岸とつぜん赤き花かかげ導火線のやう畦道に走る

はや死語となりつつ「畦道」雑草の野に戻りしも舗装されしも

II

筆紙につくしがたし

ながき真闇を出でたまひける春の日の如意輪観音六臂のしろき

年に一度の日の目見たまふ観世音　善女の一人となりて拝せり

六臂にも余るかなしみ千年を如意輪観音ほほゑみたまふ

人にわれに山桜舞ふ上り下りしつつ巡りぬ七つ星塚

気の毒としんそこ思へど臭ひせず泥もかぶらず映像の前

嘉永七・月の瀬村地震帳　三首

くろぐろと日ごと日ごとに書き連ぬ　大ぢしん山なり数しれず

山くゑ大石まくれ、うし、むま、いぬ、ちん、ねこさへふるへける、とぞ

三日目は大大大大大大大ぢしん山なり　書きて途切れつ

同・大坂川口おほつなみ混雑記瓦版　三首

船頭らの死者数知れず、二千石積以下小舟まで河うち登し

かめ井ばし、安治川、玉津、くろがねばし、日吉、住吉すべて落橋

新田、天保山大あれにて筆紙につくしがたし稀代の珍事

つくしがたき言葉の無力、つくしがたしと今に伝へし言葉のちから

まつりと魚

七月尽暑いさなかの真昼間を住吉大社の御神輿わたる

大和川しぶきをあげてお渡りは堺お旅所宿院までを

大浜の大魚夜市ぴちぴちぴちぴち魚も人もイキが一番

骨切のうまき魚屋　皮一枚残して切つて鱧の身まつしろ

つゆ雨を飲んで旨しチヌ、タコ、ハモ住吉さんの祭りの馳走

フェニックス通りコンビナートを貫きて　砂浜ありしは昔のはなし

秋祭り大和国原十月の祭りの馳走はエソといふ魚

鱛祭り『大和民俗語彙集』にあれど近頃見かけぬさかな

義母は天満の天神さん、私堺の住吉さん大和生まれは夫だけ

彼は言ふ「生姜醬油かけて旨かつた」小骨の多きエソの肩もち

花火

いとまなく開く花火に眩みつつ一瞬見えつルドンの目玉

江戸はコレラ、上方飢饉の享保に打ち上げ花火始まりしこと

この年は桜にひとり萩にひとり通じあふ友逝つてしまへり

しろたへの灰にならむよいづれわれも、それまでの眼それまでの耳

いまだ白きつちふまずふたつをはりまで失はずあれをさなごころは

いつせいに竹群ゆらぐ　地下茎でつながつてゐる竹大家族

年輪を刻まぬ竹の中空の澄みつつ立てり時過ぎゆかむ

落　橋

容赦なく豪雨つづけり十津川の限界集落　限界を超ゆ

鋭く短く鳴きかはしつつ渡るなり小禽たちは闇夜を渡る

熊野路は落橋のまま極月を生きゐる木々の落葉つづく

円弧なしけぶる海境おほき翼を気流にのせて猛禽渡る

鳥獣も家も人をも呑みこみて堰止め湖在り水面蒼く

あかい奈良

推古社の祭り終りし頃に来る伊勢からと言ひお神楽二人

首に吊りしラジカセに太鼓響かせて笛を吹く人、獅子を舞ふ人

急ぎご祝儀包み頭《づ》を垂れ二、三分神妙にす　太鼓やむまで

かむかぜの伊勢講ありき連綿と続きしものを続かずなりき

柿の木はこの秋うれし太枝に五歳児のせて実をさしだしぬ

赤い根つこ、白い根つこ、小春日のなーがい根つこ、まんまる根つこ

「あかい奈良」終刊号をたづさへて祭りの取材に来し鹿谷氏

歌碑に隣る桜の根本返されて土ふくふくと小春日を吸ふ

「猪が掘ってたんです」蔵王堂の覚照老師莞爾と告げぬ

昵懇のイノシシ登志夫を訪ひ来しかさくらもみぢの秋の夕暮

月蝕のきはまり朱き円の見ゆ深夜の白雲とぎれし隙に

むかし一度ひとを載せたる月輪とふと思ふなり冴えかへる空

天狼星ひかりて寒さつのる夜に往きて還らぬ人を思へり

あをによし奈良の祭りのしんがりは春日若宮この御祭り

人の明かりすべてを消して真闇なる春日の杜を渡らせたまふ

人の言葉すべてを消して低く唸り春日の杜を渡らせたまふ

おんまつり終りてかーんと冬晴れの大仏前に大鹿坐る

野生には余生はあらず交りて子をなし育て消えてゆくなり

臨界は遠からざるか　夕映えのホモ・ロクエンス、ホモ・ルーデンス

わが背丈にちかき灰色ガスボンベ二本立ちをり裏口の陰に

地球老けつつ

水牛の車にゆられ渡りゆく緑ふくらむ無人の島へ

バケツいっぱいの水かけられてのつたりとまた前進す水牛巨体

オオゴマダラふはり止まりて交尾せり白黒てふてふ大きてふてふ

こがねいろの蛹三つ四つぶらさがる有毒樹木の夾竹桃に

小刻みに微塵のいのち明滅す二月ヤエヤマヒメボタル無尽

不喰芋《くはずいも》の茂みに入るなハブをるぞ　南の島の夜の闇ふかし

南島の黒糖チョコを舐めながら絶滅危惧種をおろおろ探す

会へざりしイリオモテヤマネコ呼び出して眺めてをりぬ如月夜更け

とめどなく時流れゆくオゾン層うすくなりつつ地球老けつつ

森なすみどり

瘦身の佐美雄好みの甘過ぎぬ〈森の奈良漬〉大仏前の

わかみどり京の御坊の大銀杏　人を鳥を包めりいまも

晶子五万、茂吉一万七千首、登志夫七千余、たふとし重し

一本で森なすみどり　なかぞらを日に夜に占めてそこに在るなり

のんのんと盆地に生きて青霞む佐美雄の葛城、登志夫の吉野

たなごころ

耳底にクマゼミの躁のこりゐて渇きつつ秋　家事は山積

花殻ははやく摘むべしつぎつぎに咲ける中輪うすべにの薔薇

たなごころ合はせてをりぬ遊び手の温もり移る冷たき右へ

白露過ぎ紫苑、桔梗、藤袴…やまとむらさきむらさきそよぐ

鷹の爪ましろき蕪に、梔子は栗きんとんに、鋳釘は茄子

人も食も見た目も大事　月の夜の一献かはす夫に友あり

荒塩をふつて鯖焼き青首の大根ぞりぞり卸して夕餉

秋花粉しづしづ粘膜冒しゆくキク科の花粉杉よりつらし

烏天狗の口のかたちのマスクして猫背のをとこ足早に過ぐ

ゆつくりゆかう

乱調の冬は過ぎけりふくふくと大地を返し種芋埋む

夕靄の登大路を身ごもれる牝鹿一頭歩道を行けり

血縁の視線に囲まれみどりごはにつと笑へりまだ名をもたず

退屈な赤子ならむか欠伸ひとつ歯のなき口をぽーつと開き

あをによしならのならぼけはるがすみはなもさかむよゆつくりゆかう

飲用・適

字清水《あざきよみづ》　山の泉のみづ澄めりたつきの水を守りたまひき

清水は中性透明無味無臭――飲用・適のしみづ冷たし

遊びのやうに先生の水を検査せり大腸菌マイナス、硬度云々

埋めたるわが井戸をこふ力こめポンプを繰ればあふれき滾々

さゐさゐと記憶の底にいまも湧くみづを想ひて眠りに入りぬ

落ち小梅

茶を飲めばまづ頭部から噴きいづる汗が目に入りなみだにまじる

奈良県は女性就業率最低と、さうかもしれぬ味噌醸しつつ

むらさきの濃き花菖蒲咲く朝を渇きて目覚む空梅雨つづき

鈴なりの小粒梅の実もらひ手のなきまま落ちて毛虫が這へり

落ち梅の熟れて醸せる匂ひよし毛虫もうつとり変身を待つ

沙門景戒

居座りてぬるき午後に拾ひ読む『日本国現報善悪霊異記』

あをがきのならの右京の薬師寺の沙門景戒をかしきをのこ

おそれつつはたわらひつつ書きにしか沙門景戒よき耳をもつ

影のごと唱和するこゑ法華経を、草葉の髑髏の赤き舌ふるふ

濁りなく邯鄲鳴けり青丹よし奈良の都の晩夏ゆふぐれ

静脈のあをく浮き出るもろ手なり邯鄲の夢やがて覚めなむ

彗星の尾

豆名月十三夜なり　荒蕪地も田畑も街もくまなく照らし

やうやくに尾花穂にいづ後の月のレモンイエロー冷静に照り

大彗星観むと待ちゐし十二月　国原真白に霜降る未明

予報士は風速を言ふ急かされて師走の紅葉遠くへ飛べり

まぼろしの彗星の尾の触れゆきし金剛山上霧氷かがよふ

星

二月堂の闇濃くなりぬはげしかる五体投地の祈りひびきて

「お水取り終れば温うなる春がくる。土筆摘まうよ、蕗の薹さがそ」

物忘れ多くなりしよ、春宵のEX-wordを何度も開く

「See You」と消えしを戻し教へこふわが知恵袋手のひらサイズ

かの夏も過ぎてはるけし　うたた寝の枕にもなりし『広辞苑四版』

さういへば『日本薬局方』いつ捨てし、抱へてあんなに重かつたやつ

硫酸紙ぱさぱさ渇き岩波の古き文庫の字の小ささよ

黄帯本『方丈記』は星一つ、『徒然草《つれづれ》』二つ、『枕草子《まくら》』は四つ

龍田越え

府県境は有為のやまなみ尾根づたひ金剛、葛城、二上、生駒

天を指す尖塔林立　六三四《むさし》より生駒山上わづかに高し

盆地ぢゆうの流れ集めて大和川　激つ亀の瀬ぬけて河内へ

古代史の和田氏の河川図ふさふさと支川の支川に名が付されゐて

大和路線右岸左岸を縫うて走る地すべり対策工事を見つつ

工事用の大道はづれ龍田越え草ばうばうの径さぐりゆく

いつか行きし行きし人ありところどころ赤い布切れちろちろ招く

龍田みち下ればば突如ニュータウン家並み揃ひてもの音のせず

放棄住宅

ながきながきしめ縄の尾の巻かれをる古き神社に猫眠りをり

うぐひすの谷渡り澄みひびきけり明るさしみる放棄住宅

つたかづら生き生き家を巻き締めて閉ぢこめられし仏壇ひとつ

ほととぎす鳴きつつ渡る　限界といはれてさびし人も犬も

帰りなむいざ　家郷は荒れてあらくさのみどりの閉ざす切岸の家

山峡の限界集落さみしさに石楠花さかせ柿みのらせて

雨過天青

パンダ橋巨き跨線橋わたりゆく小降りになりし上野の森へ

行列のゆつくり進み入室す特別展示の翠玉白菜

かすか丸みをつけし方形水盤の〈雨過天青〉は無限を容るる

すごいなあやつぱりすごい中国は　至宝を観つつ喉かわくなり

堪能したため息つきつつ出口へと閉館時刻の五分前なり

しみじみと雨過天青をおもふなり青磁の肌をてのひらが恋ふ

うつとりと雨過天青をおもふなり青磁の肌を全身が恋ふ

題詠『三四郎』を詠む

団扇と果実と暗闇と

上京の汽車で会ひしは大賢かあるいは大愚、水蜜桃を呉る

仙人めいた果実というて桃食べる無闇に食べる髭のある人

樽柿を十六個も食べし子規のこと、真似などできぬと髭のある人

着物、帯の色うつくしく足袋白し団扇をかざすをんなを見初む

野々宮さんのモデルといはるる寅彦も柿が大好き『柿の種』旨し

団扇かざし写生されてゐる美禰子さん才色兼備をかげらせながら

たいはんは風馬牛《ふうばぎう》なる浮世かな「可哀想だだ惚れたつてことよ」

三四郎、与次郎ノーテンキ?·否いな真面目に青春してた

偉大なる暗闇の声「亡びるね」ふっと聞こえさうな熱帯夜

二十四節気のうた

〈奈良町にぎわいの家〉から、分かりやすい二十四節気のうたを、と依頼があり二〇一五年四月から翌年三月まで半月毎に一首詠んだ。

清明

あをによし奈良の墨屋の軒先につばめ帰りぬ清明のころ

穀雨

まつさらなランドセルの子ら駆けてゆくふいの穀雨に声あげながら

立夏

さみどりの斜面かぐはし一番茶摘みゆく人に立夏のひかり

芒種

はるばると吉野川分水国原に届きて芒種　いざ田植せむ

夏至

ほととぎす一声鳴けり明けやすき夏至の大気を切り裂き鳴けり

小暑

蚊帳に一つほたる放ちてほのあをき夢見る子供　小暑のころか

大暑

サリサリサリかき氷うまし健やかな汗して励む大暑のけふも

立秋

驟雨過ぎし春日の森に法師蟬ひとつなきいづ秋立つゆふべ

処暑

あをによし奈良の都の宮跡に処暑の夕風邯鄲鳴けり

白露

紫紺濃き茄子のつややか五、六個を採りて帰りぬ白露のあした

秋分

逝きし人と言葉交はして行く道の畦に一筋彼岸花炎ゆ

寒露

朝の目覚めくつきりとして寒露なり黄菊白菊ひらきはじめぬ

霜降

山なみの空澄みわたり百舌鳥のこゑ高くひびけり初霜の朝

立冬

高き枝に木守柿ひとつ立冬の傾くひかりに火照りてゐたり

小雪

初雪の便りは北から山地から　小雪けふも大和はもみぢ

大雪

しろがねの連嶺はるか窓を過ぐ北へゆく旅大雪の日を

冬至

シンデレラの馬車のかぼちやは美味しいよ、お噺しようか冬至の夜長

小寒

ストーブにシチューとろとろ煮えてゐる小寒の夜に笑顔が揃ふ

大寒

マフラーに顔をうづめて大寒の街を急げり風に向かひて

立春

福豆のゆふべ撒かれし門口にひかり及べり春立つ朝

雨水

山際の空夕茜　いつしかに霙は雨に雨もあがりて

啓蟄

ふかふかと啓蟄の畑耕されはじめて土踏むをさなごの足

春分

さみどりの香る草餅春彼岸　あの人この人偲びつつ食む

Ⅲ

神農さん

暗緑の円錐うるはし大和富士　麓の邑の当帰、芍薬

息きらし強《こは》き石段登り来つ、金色浄土ぽつと明るむ

地面いちめん黄葉しきつめ素裸の大銀杏立てり宇陀戒長寺

神農さん過ぎても軸の掛けつぱなし床の間要らぬ日々過ぎてゆく

治癒のお礼に神農の掛軸貰ひたる　なにか楽し義父といふ医師

肉質の二本の角の生々し、薬草咥へ目をむく神農

亀甲にかがやきありき師走にも有機合成に夢中なりにき

誘導体あれこれつくりき師も友も薬効求め夢中なりにき

音なべて吸ひとりながら雪降る雪降る夜の明けてなほ降る雪

屋内までしんと冷えゐる未明なり頰ほの白く人眠りゐる

小さき神社

地図見つつひたすら登る葛城の樹々さやぐ道もみぢ降る道

やうやくに人家を見つけ水もらふ冷たき井戸水喉もと下る

山主は一言主のごとく現れて細山道を先立ち登る

枝打ちのしつかりなされし檜森、垂直の幹赤みを帯びて

樹々のもと半日蔭なる土にほふ鈴蘭、海老根群生なせり

樹林の道抜ければ空の明るくて高天彦の小さき社

清められし小さき社に誰もゐず、ご神体はこの秀麗な山

天近し天青澄めり葛木の高天原の刈田に立てり

新米に塩、単純をこそいにしへの道登り来て樹下の昼餉は

はなやかに夕日はさしてたか原の花野いちめんそよぎやまざる

山裾を縫ひて通へる径長し　葛木古道、高野街道

国栖奏

風花の舞ふひと日なり深吉野《みよしの》の天皇淵のみづ青澄みて

如月の大気緊れりきりぎしの小さき社に国栖奏《くずそう》ひびく

たのもしき唱和のこゑのつづくなりエンエイ、エンエイ月々の詞に

一夜酒・大神酒捧げ土毛《くにつもの》、毛瀰《もみ》たてまつるいにしへのごと

たてまつる毛瀰アカガエル春寒の半睡のまま四肢のばしをり

紙コップの熱き甘酒いただきぬ国栖奏の儀式終りてののち

白いはちす紅いはちす

火照るなり麦熟るるなり　手延べなる三輪素麺の工房近く

早すぎる夏日のつづき杜若せはしく咲きぬそして終りぬ

夏至の夢あけてましろき菖蒲咲くデシンのやうないちにちの花

日傘さしめぐる薄暑の蓮池の白いはちす紅いはちす

ぬぐひてもぬぐひても汗　熊蟬のこゑ途切れざり土用の午後を

白絹の

ほほゑみも平安の彩色《いろ》もたふとかり慈尊院み堂に坐す弥勒さま

白絹の乳房のあまた手向けられ母性の願ひせつなしいまも

ふつくらと蒸し饅頭のやう　願かけの絵馬に貼られし乳房のかたち

山の人に道たづぬれば訥々と語りつづけて樹のはなしまで

町石道すこし辿りぬ息づきぬ石に座りぬ　谷渡り聞こゆ

反橋といへど華奢なり丹生都比売《にふつひめ》　住吉大社の太鼓橋より

丹生都比売の森の奥よりほととぎす二声三声するどく啼きぬ

不如帰のこゑをよろこぶひととゐて昔の森の虚空を仰ぐ

柿の噺

幹と枝に体をあづけて眺めゐつ山なみ遠し秋空深し

靴脱いでこはごは登りき若かりき富有柿の実火照りてゐたり

小春日に剪定終へたる裸木の下枝を借りて大根干しぬ

寒き夜も干し大根は凍てざると、生きてゐる木は体温をもつ

さみどりの新芽ふき出づ無骨なる枝もなごめり五月となれり

花ちりて小さき青実のなりしころ害虫駆除す日曜の朝

太き枝に立ちて薬液噴霧する夫は小さき虹かけながら

樹の下に噴霧ポンプを繰るわれの帽子に降りぬ虹も毛虫も

首筋に三、四センチのミミズ腫れ、必死の刺蛾の毒の痛さは

平核無柿《ひらたねかき》を酬《さは》して初秋、富有柿つぎつぎ熟れて、干柿晩秋

富有柿拭いてつやつや叔母上や弟たちにクロネコ便で

人も柿も脆くなりきぬ剪定も駆除も放棄すここ数年は

去年まで洞かかへつつ生りてゐし富有柿なれ今年は皆無

野分すぎてばさりと幹の折れてをり柿の老樹の最期あつぱれ

この家の百年余りを閲したる柿の翁の樹命尽きたり

関空へ帰る真白き軌跡追ふ柿の消えたる夕べの空に

残光

水晶塚の大き鳥の出土品　翼も胴も高野槙製

単純な翼なれど鷹類の風切羽彫られし刃のあと残る

いにしへの王の虚空を旋回す　鷹の異名は畏鳥《かしこどり》とぞ

否は否ときつぱり言はう本音こそ、曖昧微苦笑同意はやめて

あかねさす共同体《グマインシャフト》の残光の大き渋柿、でこぼこの柚子

とめどなく火の粉ふきあげ天上の闇つやめけり年たちかはる

香りよき白味噌仕立て丸の餅、人参、大根、小芋にお豆腐

味のよき黒豆、牛蒡、数の子を、単純古風をお重に詰めて

祈る

登つても登つても炎のごとくつづく朱　稲荷の鳥居はては見えざる

登りきり冬の汗噴くくぐり来し鳥居の朱に染まりし体軀

いつせいに顔を空に向けラッパ飲みペットボトルの清水のうまさ

稲荷山の上に墳墓つくらせし王なれど遠し太白星は

「金星の軌道に近づけ」探査機の〈あかつき〉を祈《ね》ぐ地球の力

疵つきし〈あかつき〉くつきりと金星の映像送り来「やつたぞ偉い！」

COP《コップ》21採択さると夕刊に、わがをらざらむ世なれど祈る

うつくしく得点重ねすばやかりロボット〈大和〉奈良高専の

家族中といつても二人、かぶりつきでロボコン中継見物しをり

工学も明晰優美が勝るべし曖昧複雑こんぐらがつて

コンサート　千里バッハ合唱団

地下鉄の地上に出でしまばゆさに街路樹立てりメイシアターへ

何万回うたひ継がれしバッハなれ今また新た千里バッハの

波濤となりフーガ響き来　聴きほるるわれも波立ち飛沫のひとつ

くつきりと開きて閉づる口々の美しき動きの一糸乱れず

大勢の、ひとりびとりの、レクイエム天より降るこゑ地より湧くこゑ

そらみつやまと

お水取り、法隆寺会式、花会式、神武さん、お練り…そらみつやまと

春まなかやまとのくにの薬師寺のけふ花会式ひとびと集ふ

紙漉きて紙染め紙切り作りたるいろいろの花むすうの花を

お薬師さま、日光、月光菩薩さまうれしさうなり花にかこまれ

今日の春のひかりさし入り白鳳のみ仏の肌ふくよかに輝る

聖観音若やぎ立たす東院堂　人多くゐて人々しづか

武田成功「蓮の四季シリーズ」二首

やはらかきひかりにかがよふ玻璃の蓮　観音菩薩を廻りて咲けり

透明の、半透明の、朦朧の、あざやかな彩の、蓮の形象

千住博「龍神」　三首

天上より垂直に落つ　とめどなく無量のみづの無音のひびき

とうめいのみづのひびきにつつまれてほとけもわれらもひとつこすもす

龍神が千住博に描かせたる天地をむすぶ無量のみづは

相輪の尖より天に融けゆかむ春の霞のいよいよふかし

哄笑

孟宗竹、淡竹、真竹の順々をたがへず竹の子地上に出づる

埒外にすんすん出でし若竹を音たて折りぬせんなき日課

べきべきと根茎延ばし拡大す竹林はわが足下にも

じぐざぐの一時間後にたどり着く「信貴山縁起絵巻・飛倉」

毛先いつぽんで描かれしやう、ひとりびとりの人間の数

人々はやや大きめに存在す、家々樹々などの背景よりも

いにしへの人々ひしめき貴賤なきをとこをみなの哄笑聞こゆ

いまのわれらケースの外にひしめきて声を呑みつつ絵巻をたどる

鷹柱

秋陽ふかくさし入る窓辺に眺めをり『日本鳥類図鑑』ワシタカ科

去年の春歌碑のまはりの青草をともに引きにしをみなごの手は

夕近き中千本のしづけさに言葉交はさず花眺めゐき

「鷹よ、ほらガードレールに」速度ゆるめ教へてくれぬ、いつみさんは

深吉野の峡を歩める頭上たかく鷹ゆるやかに円弧を描く

半島の尖をつぎつぎ飛び立てるサシバの飛翔　鷹柱なる

蚊柱はまつぴらごめん裏は藪、鷹柱見たし旅に出でたし

さくらもみぢ花よりあかく炎上す中千本の夕映えの燦

ま青なる蔵王権現見上げをり拝むともなくぽつと口開け

大切の人また見送りて秋ふかし柿の落葉を栞に拾ふ

みじかき影

まつしろな小花むすうにうかび出づ午前六時のカーテン繰れば

鳥の糞より芽生え育ちし柊か窓いつぱいに花まきちらす

ひひらぎのにほひにじみ来あさまだき透明硝子は息するやうに

まあきれい、顔よせ言へば夜の明けの硝子は言葉にほうと曇る

消えゆかむと記しおきたる習俗のおほかた消えぬ若書きの本の

現在にその習俗を話せといふ人のありて息と同世代

紅葉、黄葉、めぐりの山を荘厳し秋の夕陽の落ちゆく速し

スーパームーン澄める国原帰りきぬわが身のみじかき影ひきながら

外来種

この邑の鎮守の杜に捕はれしアライグマ一家のそののち知らず

前世紀に狐塚古墳埋められて中央分離帯に瘤のやうなり

馬を飼ひ駿馬を大王に捧げたる氏の墓といふ名残のブッシュ

交通の邪魔だとブッシュ伐られしが雨後はすんすんまた生えてくる

春くれば路肩も川辺も黄にそめてセイヨウカラシナ帰化繁茂せり

土あれば水と光があれば生え花咲き増えてそれが成り行き

外来種外来種とて嫌はれて…運んできたのは人間だろ

葛の花踏みしだかれて色あたらし、海彼ぢや邪魔なる外来種

花ひらき茎ぐびぐびと窓の外のひかりに向かひ伸びてゆくなり

道

空越えてEメール来つ冠雪のスイスアルプスくつきり映り

刃のやうな稜線つづく　芥子粒の人間ひとり登りゆくの見ゆ

かつてドイツ山岳会のメンバーの、一歩一歩と登る弟

滑落三〇〇メートル　一瞬は永遠ならむか彼のひと世の

一生を熱核融合に賭したるを未だし、遠し、実用化といふは

未だ夢、エネルギーの夢、いつの日か地上に小さき太陽を

捨石の一つとならむかＩＴＥＲ《イーター》の仕事を長く孜々とつとめて

International Thermonuclear Experimental Reactor・ラテン語の道

火葬地の空あを澄みて逢へざらむ虚構のやうに虹さへ架かり

嘆くまい、いまも尾根道歩いてる彼は天空目指して歩く

晩夏光まぶしき大和、雪嶺のメンヒの空へつづくと想へ

うだつ

大声で叫びたい口とぢしままジャングルのやうなわが藪眺む

ミサイルは顕示するやうに、サイバーテロはそつと密かに、いづれが怖い

この愛機もいちにんまへに狙はれた黄金週間の二日前

無視無視無視触らぬものに祟りなし　怪しきファイル片隅にやり

わたくしの仕事こはごはこなしゐき　ある日奴は消えてゐた

卯建上げて延焼防止の恰好よき家々のありむかしの街に

休んでた防火壁《ファイアーウオール》が作動して追放してくれた?邪魔なファイルを

馬鈴薯の花ほろほろと咲きはじめ五月なかばをうつすら暑い

万緑の雑草のなか桃色の芍薬一花　いまも生きゐる

柿若葉、朴の木若葉、楠若葉…そらしどれみふぁそらみつやまと

鹿

騎馬の民、花、鳥などを線描の漆胡瓶《しっこへい》立つ金属製《かねせい》のやうに

時空はるか遠眼鏡もて観るごとし撥鏤《ばちる》の小さき鳥三羽飛ぶ

正倉院展出できしゆふべ鹿ありぬかの文様を抜けきし鹿か

鹿たちが長年かけてつくりしと公園付近の植物相は

有毒のアセビ、センリョウ、花盛り可憐な花をながく咲かせて

公園の樹下二メートルほど透けてゐる剪定せしごと遠くまで見ゆ

鹿たちが立つて葉を食む高さなれ鹿の線《ディアーライン》と名付けられたる

飛火野は広々なだらか鹿たちがあら草、つる草好んで食べて

楠の黒く熟れし実を食めり鹿の胃袋 樟脳《カンファー》にほふ

言葉よりふかく響けり鹿のこゑ春日の夕べ妻をよぶこゑ

くつきりとひとこゑ響き夕闇の春日の森の大き静寂

柿の消えた空　畢

あとがき

本集は『系統樹の梢』に次ぐ第四歌集で、二〇〇八年から二〇一七年の作品約四六〇首をほぼ制作順におさめた。

師の前登志夫が逝去して早くも十年、その間、「ヤママユ」の仲間と師の遺歌集や全歌集の刊行などに関わったり、小著『フォークロアの畦道・前登志夫のうたとともに』をまとめたりしていた。師の存在を生前よりかえって身近に感じつつ過ごしていた。

その年月に溜まった短歌をようやく整理しようかと思い立ったが、もう平成の終りが近づいている。七、八年も前に「角川平成歌人双書」にお誘いいただきながら、ぐずぐずしていた恥ずかしさもあり、自分の作品の取捨にも手間取ったりもしたが、このたび角川文化振興財団に出版をお願いした。

いままで短歌を続けてこられたのは「ヤママユ」と「鱧と水仙」の仲間の励ましや刺戟があったからこそ、と感謝している。また師の遺された歌集や著書は、惰性に流れやすい私の眼を時に覚ましてくれる、その有り難さを思う。

石川一郎様、打田翼様には出版のすべてに行き届いたご配慮をいただき、心より感謝申し上げます。

また、木村茂氏の作品を今回も表紙に使わせていただけて、うれしくお礼申しあげます。

二〇一八年三月六日

喜夛隆子

著者略歴

喜夛隆子（きた・たかこ）

「ヤママユ」同人、「鱧と水仙」同人

歌集
『国原の地図』（1993年）
『流れ　THE STREAM』（1998年）
『系統樹の梢』（2007年）

エッセイ集
『わたしの額田部』（1988年）
『フォークロアの畦道・前登志夫のうたとともに』（2015年）

歌集　柿の消えた空　かきのきえたそら
ヤママユ叢書 137
2018（平成30）年4月25日　初版発行

著　者　喜夛隆子
発行者　宍戸健司
発　行　一般財団法人 角川文化振興財団
〒102-0071 東京都千代田区富士見1-12-15
電話 03-5215-7821
http://www.kadokawa-zaidan.or.jp/
発　売　株式会社 KADOKAWA
〒102-8177 東京都千代田区富士見2-13-3
電話 0570-002-301（カスタマーサポート・ナビダイヤル）
受付時間　11:00 ～ 17:00（土日 祝日 年末年始を除く）
https://www.kadokawa.co.jp/
印刷製本　中央精版印刷 株式会社
 ISBN978-4-04-884180-1 C0092